AF240246

LE FRONDEUR

DU

TABAC.

SATYRE

POUR ET CONTRE.

À PARIS,

En la Boutique de la V. DE NICOLAS OUDOT,
Libraire, ruë de la Harpe, vis-à-vis la ruë
du Foin, à l'Image Nôtre-Dame.

M. DCC. XXV.

Avec Approbation & Permiſſion.

LE FRONDEUR
DU TABAC,
SATYRE
POUR & CONTRE.

UNE rencontre de cinq personnes donna occasion à cette Piéce, un de la compagnie pinçant son Tabac, & en présentant aux autres dit le sens de ces deux Vers :

Ah ! que ce fin Tabac a chez moy d'agrémens ;
J'en fais avec plaisir de mon nez l'aliment.

Un autre à qui il en fut présenté & qui en prit ;
dit le sens de ces deux Vers :

Et moy si j'en veux bien user,
C'est seulement pour m'amuser.

Une Dame qui en prit après, se mit à rire & dire
à peu près ces paroles :

Pour moy qui suis femme commode ;
J'en prends, parce que c'est la mode.

Un Dévot même à qui il en fut offert voulut avoir

son dicton comme les autres ; le voicy tourné en
Vers :

Je ne recule pas , je me conforme à tous ,
Puisque vous en prenez , j'en veux prendre avec vous.

Un Abbé , enfin , qui étoit le dernier refusa d'en
prendre, & s'écartant un peu des autres d'une maniere
enjouée entra dans la plaisanterie , & dit en riant des
injures au Tabac par un fi éclatant qu'il repeta trois
fois fi , fi , fi , puis reprenant ses sens prononça son
dicton qu'il tourna presque sur le champ en Vers :
ce sont les deux qui commence la Satyre , *à prendre
du Tabac , &c.* Ces deux Vers le mirent en goût de
continuer & de faire cette petite Piéce en Satyre sous
le titre de Frondeur du Tabac, qui marque l'éloigne-
ment qu'il en avoit, & que tout homme de bon sens
doit avoir aussi , fondé sur le peu d'utilité qu'on en
retire , & que même selon les principes de Monsieur
Fagon , il est plus nuisible que profitable , sur-tout
lorsqu'il fait voir le ridicule des hommes dans l'usage
trop fréquent qu'ils en font, & la maniere dont ils
en usent , & dont ils fatiguent le monde. Or c'est ce
qu'on voit dans cette Satyre, qui est une copie fidele
de l'original , & tirée de l'Auteur même.

A prendre du Tabac si je suis condamné ,
Je le jette en arriere & j'en sauve mon né.
Quoi donc ! vous voudriez d'une vaine entreprise
Relever aujourd'hui ce qui n'est que sotise ,
Quelle est votre sagesse ? quelles sont vos raisons ?
Voulez-vous vous loger aux Petites Maisons ?
Que diroit-on des Gens, qui sots comme des Gruës ,
Ne prendroient d'autre emploi que de courir les ruës
Ou qui pour rafiner en insensés badeaux

D'une farine hachée, en feroient des gâteaux ?
Tout beau, me dites-vous, vous voulez donc médire
Et vous faire à ces traits Arlequin pour en rire,
Dans ces comparaifons tout paroît odieux,
Si vous voulez parler, parlez plus ferieux ;
Aux hommes ferieux s'il faut donc que je parle,
C,a, que ma Mufe ici fon bon fens leur étale,
Je demande aux Catons s'il leur eft bien féant
De s'occuper fans fin des chofes de néant.
Dans un amufement contre la bienféance,
Eft-il homme d'honneur qui ne rentre en enfance ;
Et qui, faifant mêtier de cet amufement,
Ne montre en fon efprit beaucoup d'égarement ?
Tel fut cet Empereur, qui dans fa chaffe aux mouches,
Leur donnoit au combat de rudes efcarmouches.
Tel fut cet autre fou, qui de pain dégoûté,
Mit pour fe ragoûter cette Infecte en pâté.
J'en prends, me dites-vous, pour charmer mes caprices,
Le Tabac me délecte, & j'en fais mes délices ;
Mais dites-moi plûtôt que vous avez des rats,
De vous farcir le nez d'un fi puant amas.
Jamais homme d'efprit ne fit fa nourriture
D'un fi vil aliment, fans fe faire une injure ;
Il fuffit à lui-même, & plein de fes vertus,
De cette bagatelle il s'éleve au-deffus ?
Il déplore chez vous cette fole amufette,
Qui découvre à fes yeux le creux de votre tête.
Je viens d'abord au nez. Vit-on jamais bouffon
En prendre en mafcarade, un de votre façon,
Nez qui porte Tabac, teint en couleur de Rave,
Fait filtrer puamment une vilaine bave,
Et qui rendant la lévre & le minois craffeux,
Par cette craffe en fait quelque chofe d'affreux :
C'eft à ces jolis traits qu'on voit votre vifage,

A iij

Quand l'amour du Tabac vous en outre l'usage,
Et quand après cela vous le voulez mâcher,
Ah ! pour lors on vous fuit, on cherche à se cacher,
Une Dame au Tabac qui fait la précieuse
S'obscurcit par ce fard, & se rend odieuse.
Son teint frais se vernit, & cette puante eau
Lui peint en badinant le plus vilain nazeau.
Comment en sa fierté, peut-elle en Compagnie
Etaler ses appas avec cette Infamie ?
Le mouchoir, il est vray, suffit pour tout ôter,
Mais l'odeur du mouchoir peut encore empester.
On nous vante pourtant cette vilaine drogue,
On nous fait des sermons pour nous la mettre en
   vogue ;
Mais moy qui deplore un tel entêtement,
Je n'en fais plus de cas que d'un vil excrément.
Car, de quoy nous guérit cette plante enchantée,
Et que j'appelle moy vrayment plante empestée ?
Est-ce donc sur mes dents qu'éclatte sa vertu ?
Elle m'en guérira quand je n'en auray plus.
Quand je sors de mon lit je sens ma tête cuite,
Elle me fait dormir & cracher la pituite ;
Avant que j'en usasse on me voyoit languir,
Accablé de douleur, je me sentois mourir ;
Maintenant que j'en prens, ma santé fait envie,
Le Tabac m'est si bon qu'il prolonge ma vie.
Voilà votre langage, il nous fait vivre tous,
Et le vray Charlatan nous le dit comme vous.
Nous lisons qu'un des Dieux que nous vante la Fable
Le passoit chez les siens remede indubitable.
Tout remede excellent, mais trop réïteré
Loin de guérir d'un mal le rend inveteré.
Comment donc le Tabac par des milliers de prises,
Sans cause, sans raison à chaque jour reprises

Pourroit-il à vos maux donner la guérison ?
Cela   chez Galien renverse la raison.
Que voit-on au Tabac qu'une influance usée,
Qui picottant le nez se résout en fumée ?
On y voit le néant d'un aliment épais
Semblable a du broüillard dont le nez se répaît.
C'est de votre Tabac la vertu chimerique,
En prendre trop souvent, c'est être fanatique :
C'est trouver dans une ombre une réalité,
Et devenir Guichot dans sa crédulité.
Cherchez donc au Tabac de quoy vous satisfaire,
Car enfin répondez si ceux qui n'en ont pas
Sont bien plûtôt que vous exposés au trépas :
Combien de braves gens , & gens de bonne mine,
Corpulens, gros & gras & remplis de cuisine,
Grands Medecins surtout tous juges competans
Sans en prendre jamais vivent quatre-vingt ans ?
Ne sont-ils pas sujets à vos intemperies,
Et livrés comme vous aux mêmes maladies ?
Cependant sans Tabac ils sont sains & dispots.
Votre infâme Tabac n'amuse que des sots.
Devant Louis le Grand qu'étoit-ce ? badinage,
A peine dans ce tems en sçavoit-on l'usage :
Quand Monseigneur naquit, il devint plus fréquent ;
Aussi ce Grand Dauphin en prenoit plus souvent :
Son exemple à la Cour animant la jeunesse,
Elle sçût s'en coëffer comme d'une maîtresse :
La Muse de concert nous chanta sa douceur,
Et de ses airs badins en prisa la valeur.
Bien-tôt il fut commun parmi la populace,
Chacun pour en goûter s'y prit de bonne grace :
L'un le voulut en poudre & l'autre bien grainé,
Un autre avec sa rape en regale son né.
Cet usage déja voloit par tout le monde,

On l'adoroit par tout fur la terre & fur l'onde.
L'Efpagnol, l'Allemand, le Battane & l'Anglois,
Tous s'en glorifioient autant que le Fançois.
On le mit fous fes dents, on le prit en fumée,
Par là fut établie fa grande renommée.
Pour réfoudre en deux mots toute la queftion,
Avouez avec moy que ce n'eft que poifon.
Hé! combien en eft-il felon le mot d'ufage
Dont un amufement ne faffe le partage?
C'eft par lui qu'un Guerrier va fans crainte au com=
      bat,
Qu'un Politique croit pouvoir fervir l'Etat,
Et que ce Financier fe bâtit un Syftême,
Tandis qu'un Logicien nous réfout un Dilôme,
Eft-il un bâteleur qui pour joüer fes tours
De fa boëte au Tabac ne tire du fecours?
Le Spectateur en vain s'empêcheroit de rire
S'il n'étoit par ce jeu tombé dans le delire.
A repaffer tous homme & chacun dans fon art,
Pas un feul ne prendra du Tabac au hazard.
On en veut retirer par un droit legitime
La vanité de l'art & du monde l'eftime,
Mais cette eftime jointe à cette vanité,
Du grand nombre des fots prouve la verité.
Entrez-vous avec eux dans cette comedie
Je prédis votre mort dans une maladie:
Vous riez à ces mots qui femblent vous choquer,
Mais fans rire la mort fçaura bien vous croquer,
J'entens par le Tabac. Voicy que je le prouve,
Et ce qu'homme de fens n'entend qu'il ne l'aprouve.
Quand la fiévre vous prend un mot fe dit tout bas:
Monfieur, fans raifonner, tréve avec le Tabac,
Le mal vous y contraint, le befoin eft extrême,
Il vous faut obéïr, vous le dites vous-même.

Or cette eau du Tabac, qui couloit au dehors,
Par un prompt changement, rentre dans votre corps;
Le coffre s'en remplit, & bientôt la poitrine
S'en infecte, se perd, tout tend à sa ruine;
La Fiévre vous redouble, & par un triste sort
Soudain vous vous trouvez aux abois de la mort.
Combien dans cet état de personnes trompées
Ont passé tout à coup dans les Champs Elisées?
Et qui loin des plaisirs qu'ils goûtoient icy bas,
Ont maudit, mais trop tard, leur infâme Tabac.
Mais je viens à l'esprit qui nous force d'en prendre;
Or, quel est cet esprit? je vous le fais comprendre.
Dans un nombre infini c'est la conformité,
En vray singe on imite, & l'on est imité,
La tabatiere en main on se dit l'un à l'autre,
Goûtez de mon Tabac, je goûterai du vôtre.
Quand Pierrot vit Colin porter un beau chapeau,
Mon Papa, luy dit-il, j'en veux un aussi beau.
Homme & femme en tout tems suivant cette methode
Pour se bien ressembler se mettent à la mode:
C'est ce rôle qu'on jouë aujourd'hui sotement.
Si l'on prend du Tabac, c'est parce qu'on en prend.
Plusieurs sots relevant cette badinerie,
Y font à qui mieux mieux la même singerie:
Il n'est pas même enfant, soit fille, soit garçon,
Qui ne crie au Tabac dès l'âge de raison.
Consultez Arlequin Empereur de la Lune,
Il dit qu'en ses états c'est la mode commune,
Qu'un maître, une maîtresse & qu'un valet aussi
Usent tous du Tabac, & c'est tout comme icy.
On le veut sans odeur, on le veut sans mélange,
Puis le grainé survient & la rape le change;
Et la rape à son tour qu'il semble qu'on proscrit
Pourra bien à la fin prendre tout son crédit.

Telle est sur le Tabac cette bizarrerie,
Et qui n'est dans le fond que pure mommerie.
Quelle pitié ! de voir dans tout ce changement
Que l'on ne sçait à quoy s'en tenir sûrement :
Je vous conseillerois, tant la mode est prisée,
D'en faire du hachis ou de la fricassée,
Ou d'un medicament, comme habile inventeur,
Tantôt le prendre en bol & tantôt en liqueur.
Un nouvel Officier entré dans cette lice
S'y prescrit galament des regles d'exercice :
A-t'il tiré sa boëte ? il ramasse avec soin
D'un coup frapé dessus le Tabac dans un coin :
Puis l'ouvrant proprement, des deux doigts il le pince,
A l'entendre loüer, c'est un Tabac de Prince.
Il en presente à tous d'un air fort gratieux,
Et chacun le reçoit comme un don prétieux ;
Entre ses doigts serrés il retient sa pincée,
Et attend qu'on le goûte en toute l'assemblée :
Alors s'applaudissant il la porte à son né,
Après qu'avec emphaze il l'a beaucoup prôné.
C'est dans ce point d'honneur que gît toute l'adresse
D'un parfait tabatier rempli de politesse ;
Autrement c'est en vain qu'il étale en fracas,
Dans l'estime d'un Maître il échoüe au Tabac.
Il doit graver sur luy cette belle peinture
Qu'autrefois de Rizé traça dans son Mercure :
De quatorze beaux traits dont l'art est composé,
L'Officier n'omet rien, tout geste compassé.
Il est des hommes vains, qui par galanterie,
Nous font sur leur Tabac beaucoup de menteries ;
Ils en ont du plus fin & du plus excellent,
Digne de contenter le nez le plus friand ;
Ils ont du saint Domingüe & de la Martinique.
En est-il de meilleur dans toute l'Amerique ?

On ſçait que ces menteurs nous mentent hardiment,
Que pour en impoſer ils ont tous le talent.
L'autre jour on me dit que du rebut des côtes
Un de ces fanfarons en faiſoit des carottes :
Sur ma foi, diſoit-il, voilà de mon meilleur,
Il le dit à ſa honte & paſſa pour menteur.
Il ſe voit d'autres gens affecter les manieres
Des enfans curieux de belles tabatieres,
Et qui de leur beauté trop ſottement épris,
Nous les font admirer comme bijoux de prix :
Voyez vous, diſent-ils, cette belle figure,
Cette Agathe, cet Or & cette Mignature ?
Peut-on voir en petit rien de plus curieux ?
Le bel art s'y rencontre avec le précieux :
Ainſi tout leur Tabac offert de bonne grace,
N'eſt à tous ces gens-là qu'une pure grimace,
Ils attendent de nous pour toute honnêteté
De nous voir encenſer leur ſotte vanité.
D'autres gens, francs Gaſcons, enflés de la ſcience
De faire du Tabac, en outrent l'excellence :
Quand ils ont dit ce mot : Il eſt de ma façon,
Tout autre doit ceder malgré toute raiſon :
Goutez-en, diſent-ils, c'eſt-là le ſeul que j'aime,
A le bien façonner je m'exerce moy-n ême
J'en ay de tout uſage & du jeune, & du vieux,
Et j'en uſe des deux ſelon que j'en ſuis mieux :
Dans l'art de bien cuver cette plante fannée,
J'en fais abondament pour toute mon année ;
Et même à chaque fois uſant de mon talent,
Pour un long avenir je le rends excellent :
Aprés mon bon Tabac, le plus fin de boutique
Eprouvé par mon nez ne m'eſt que de la brique.
Il joint à ſa bonté la plus vive couleur
Qu'ait jamais remarqué le plus fin Connoiſſeur.

Voilà d'un orgueilleux la fade impertinence ;
Et c'est sur son Tabac le voir dans la démence.
Dans la rusticité croit-on que gens stupides
D'un jugement épais en sont les plus avides,
Coëffés de cette manne ainsi qu'ils sont de vin ;
En prennent par excès , & ils prennent du fin ;
Portent-ils de l'argent les Dimanches & Fêtes ,
C'est pour le cabaret, qui les réduit en bêtes ?
Et sans s'embarasser s'ils ont chez eux du pain ,
De toute la semaine ils depensent le gain.
A l'aspect du Tabac, qui les amuse à Table ,
Le plus méchant des vins leur devient delectable ;
Trois prises à cinq doigts pour un coup seulement
Ont la vertu d'en faire un Nectar excellent.
Si je m'aproche d'eux pour seulement leur dire
D'où vient tant de Tabac ? Ils se mettent à rire ,
Rire n'est pas raison , mais je jure ma foy
Que pas un de ces niais ne me dira pourquoy.
Sçait-on qu'en bons Grivois quand on boit de la
   bierre ,
Il est au lieu de verre un chocq de tabatiere ;
C'est un honneur recent qu'ils font à leur boisson ;
Et qui les met en train au bruit du carillon :
Pour trinquer largement ils ne peuvent mieux faire
Que de mettre en crédit tout ce qui peut leur plaire ;
Et comme en ce sirop ils prennent leurs ébats ,
Le tout y doit aller , tabatiere & Tabac.
Croit-on d'un Tabatier cette plaisanterie
Qu'il nourrissoit son nez d'un Tabac d'industrie ?
Sa boëte toûjours vuide excitant à pitié ,
De nobles tabatieres l'emplissoient à moitié.
Chez d'autres gens de l'art tenant sa boëte prête
Il sçavoit la remplir du Tabac d'autre quête ;
Et toûjours finement attrapant du Tabac ,

Du reſte de ſon nez il en faiſoit amas.
Mais ſi de tous ces gens je vois la contenance ;
De leurs geſtes groſſiers je haïs l'impertinence ;
L'un avec de grands yeux la tabatiere en main ,
Pour en prendre une fois l'ouvre ,vingt fois en vain ;
L'autre la bave au nez , touſſe , crache , renifle ,
Il ne luy manque rien ſinon qu'il nous le ſifle ;
Cet autre à doigts ouverts imitant Jodelet ,
Semble qu'il va pour nous, joüer du flajolet.
Encor ſi pour eux ſeuls ils montoient ſur la ſcêne ;
Tel ſpectacle à nos yeux nous feroit moins de peine ;
Mais le voulant étendre obſtinément ſur nous,
C'eſt ce qui nous déplaît & nous met en couroux.
Suis-je dans ma maiſon , un valet ſans prudence
Me vient ſoufler au nez cet encens qui m'offenſe !
Me trouval-je en viſite on me prêche le Tabac
Comme un parfait remede au mal que je n'ay pas.
Si je ſuis en voiture, un eſprit en écharpe
Se place auprès de moy pour joüer de ſa rape,
En prenez-vous ? dit-il , ma foy c'en eſt du bon ;
Pour me debaraſſer je luy réponds que non.
En tel lieu que je ſois je vois la tabatiere
Prête à ſervir mon nez en bonne officiere ;
Et tout le peuple entier Païſans & Bourgeois ;
Chacun jette ſur moy du Tabac à la fois.
Grand Dieu ! me dis-je icy, dans le ſiécle où nous
     ſommes ,
Que d'hommes ébêtés , eh ! ſont-ce-là des hommes ?
Diogenes, cherchant un homme à ſa façon ,
Deſiroit ſeulement qu'il eût de la raiſon :
Mais les eſprits groſſiers ont du creux dans leur
     tête ,
Ou s'y perdant ſouvent ſont moins hommes que
     bêtes.

Enfin de tant de sots me trouvant fatigué
Je pense que l'Enfer, contre moy s'est ligué,
Et que même m'ouvrant, Tabac & tabatiere
Par ensorcellement entreront dans ma biere.
Ma muse arrêtez-vous, c'est assez plaisanté,
Ce plaisant toutefois nous dit la verité.
Mais vous gens de Tabac pouvez vous bien entendre
Sans vous y reconnoître & sans vous en reprendre,
Ce ridicule affreux qu'elle étale à vos yeux,
Doit en y renonçant vous être glorieux.
Je conviens avec vous qu'une sotte habitude,
A pour s'en corriger quelque chose de rude ;
Mais ne pourriez vous pas en prendre moins souvent?
Vous vous corrigeriez sans doute avec le temps.
Suivez ce bon conseil & faites en l'épreuve,
De votre amendement vous aurez une preuve,
Surtout un bon propos & craignez qu'un trompeur
Ne vous le fasse aimer toûjours avec fureur ;
Car dans combien de gens, contre leur conscience,
Voit-on manquer de foy touchant leur Pénitence ?
Pour quitter le Tabac il faut un bon propos,
Et sans ce bon propos on le reprend bientôt.
Qu'il vous soit en horreur quand vous entrez au
    Temple,
De votre pieté on attend cet exemple ;
Autrement c'est pecher en présence de Dieu,
Et manquer au respect que l'on doit au Saint lieu ;
Du Tabac foudroyé des traits de la Satyre
Quel est enfin l'effet, ma Muse va le dire,
Il defigure l'homme, altere son cerveau,
L'abrutit, le desseche, & le mene au tombeau.

REMARQUES SUR LE TABAC.

Amurat IV. Empereur des Turcs, le Grand Duc de Moscovie & le Roy de Perse en deffendent l'usage à leurs Sujets sous peine de la vie, ou d'avoir le nez coupé.

Jacques Stuard Roy d'Angleterre a fait un Traité sur le mauvais usage du Tabac.

On trouve une Bulle d'Urbain VIII. par laquelle il excommunie ceux qui prennent du Tabac dans les Eglises.

Ceux qui prennent du Tabac par excès, sont sujets à perdre l'odorat.

Celuy qu'on prend en fumée gâte le cerveau, & rend le crane noir, comme le prouve Simon Paul, le fameux Medecin du Roy de Dannemark, qui en a fait un Traité exprès.

Il dit aussi que les Marchands trompent, le mettent dans des coterests, afin qu'étant chargé de sel volatil, il en devienne plus âcre, plus puant, plus fort & en même temps plus méchant, & plus nuisible au corps humain.

Monsieur de Saint Evremont dit que c'est une manie que de se remplir incessamment le nez de Tabac, sous pretexte de purger des sérosités inutiles du cerveau.

FIN.

APPROBATION

JE Souffigné, Maître és-Arts en l'Université de Paris, ay lû par ordre de Monsieur le Lieutenant General de Police une Satyre, qui a pour titre *le Frondeur du Tabac*, dont on peut permettre l'impreſſion, à Paris ce 23. Février 1725.

PASSART.

Permis d'imprimer ce 6. Mars 1725.

RAVOT, D'OMBREVAL.

Regiſtré ſur le Livre de la Communauté des Libraires & Imprimeurs de Paris, N. 1365. conformément aux Reglements, & notamment à l'Arrêt de la Cour du Parlement du 3. Decembre 1705. A Paris le 9. Mars 1725.

BRUNET, Syndic.